Satyros

oder

Der vergötterte Waldteufel

Johann Wolfgang Goethe

copyright © 2023 Culturea éditions
Herausgeber: Culturea (34, Hérault)
Druck: BOD - In de Tarpen 42, Norderstedt (Deutschland)
Website: http://culturea.fr
Kontakt: infos@culturea.fr
ISBN:9791041939022
Veröffentlichungsdatum: FEBRUAR 2023
Layout und Design: https://reedsy.com/
Dieses Buch wurde mit der Schriftart Bauer Bodoni gesetzt.
Alle Rechte für alle Länder vorbehalten.
ER WIRT MIR GEBEN

Drama

Erster Akt

EINSIEDLER.
> Ihr denkt, ihr Herrn, ich bin allein,
> Weil ich nicht mag in Städten sein.
> Ihr irrt euch, liebe Herren mein!
> Ich hab mich nicht hierher begeben,
> Weil sie in Städten so ruchlos leben
> Und alle wandeln nach ihrem Trieb,
> Der Schmeichler, Heuchler und der Dieb:
> Das hätt mich immerfort ergetzt,
> Wollten sie nur nicht sein hochgeschätzt;
> Bestehlen und bescheißen mich, wie die Raben,
> Und noch dazu Reverenzen haben!
> Ihrer langweiligen Narrheit satt,
> Bin herausgezogen in Gottes Stadt,
> Wo's freilich auch geht drüber und drunter
> Und geht desungeacht nicht unter.
> Ich seh im Frühling ohne Zahl
> Blüten und Knospen durch Berg und Tal,
> Wie alles drängt und alles treibt,
> Kein Pläcklein ohne Keimlein bleibt.
> Da denkt nun gleich der steif' Philister:
> Das ist für mich und meine Geschwister.
> Unser Herrgott ist so gnädig heuer;
> Hätt ich's doch schon in Fach und Scheuer!
> Unser Herrgott spricht: Aber mir nit so!
> Es sollen's ander auch werden froh.
> Da lockt uns denn der Sonnenschein
> Störch und Schwalb' aus der Fremd herein,
> Den Schmetterling aus seinem Haus,
> Die Fliegen aus den Ritzen raus
> Und brütet das Raupenvölklein aus.
> Das quillt all von Erzeugungskraft,
> Wie sich's hat aus dem Schlaf gerafft;
> Vögel und Frösch und Tier' und Mücken
> Begehn sich zu allen Augenblicken,
> Hinten und vorn, auf Bauch und Rücken,
> Daß man auf jeder Blüt und Blatt
> Ein Eh- und Wochenbettlein hat.
> Und sing ich dann im Herzen mein
> Lob Gott mit allen Würmelein.
> Das Volk will dann zu essen haben,
> Verzehren bescherte Gottesgaben.
> So frißt 's Würmlein frisch Keimleinblatt,

Das Würmlein macht das Lerchlein satt,
Und weil ich auch bin zu essen hier,
Mir das Lerchlein zu Gemüte führ.
Ich bin denn auch ein häuslich' Mann,
Hab Haus und Stall und Garten dran.
Mein Gärtlein, Früchtlein ich beschütz
Vor Kält und Raupen und dürrer Hitz.
Kommt aber herein der Kieselschlag
Und furaschiert mir an einem Tag,
So ärgert mich der Streich fürwahr;
Doch leb ich noch am End vom Jahr
Wo mancher Bärwolf ist schon tot
Aus Ängsten vor der Hungersnot.

Man hört von ferne heulen.

U! U! Au! Au! Weh! Weh! Ai! Ai!

EINSIEDLER.
Welch ein erbärmlich Wehgeschrei!
Muß eine verwundte Besti' sein.

SATYROS.
O weh, mein Rücken! o weh, mein Bein!

EINSIEDLER.
Gut Freund, was ist Euch Leids geschehn?

SATYROS.
Dumme Frag! Ihr könnt's ja sehn.
Ich bin gestürzt – entzwei mein Bein!

EINSIEDLER.
Hockt auf! Hier in die Hütte rein.

Einsiedler bockt ihn auf, trägt ihn in die Hütte und legt ihn aufs Bett.

EINSIEDLER.
Halt still, daß ich die Wund beseh!

SATYROS.
Ihr seid ein Flegel! Ihr tut mir weh.

EINSIEDLER.
Ihr seid ein Fratz! So halt denn still!
Wie, Teufel, ich Euch da schindeln will?

Verbindet ihn.

So bleibt nur wenigstens in Ruh.

SATYROS.
Schafft mir Wein und Obst dazu.

EINSIEDLER.
Milch und Brot, sonst nichts auf der Welt.

SATYROS.
Eure Wirtschaft ist schlecht bestellt.

EINSIEDLER.
Des vornehmen Gasts mich nicht versah.
Da, kostet von dem Topfe da.

SATYROS.
Pfui! was ist das ein ä Geschmack
Und magrer als ein Bettelsack.
Da droben im G'birg die wilden Ziegen,
Wenn ich eine bei 'n Hörnern tu kriegen,
Faß mit dem Maul ihre vollen Zitzen,
Tu mir mit Macht die Gurgel bespritzen,
Das ist, bei Gott! ein ander Wesen.

EINSIEDLER.
Drum eilt Euch, wieder zu genesen.

SATYROS.
Was blast Ihr da so in die Hand?

EINSIEDLER.
Seid Ihr nicht mit der Kunst bekannt?
Ich hauch die Fingerspitzen warm.

SATYROS.
Ihr seid doch auch verteufelt arm.

EINSIEDLER.
Nein, Herr! ich bin gewaltig reich;
Meinem eignen Mangel helf ich gleich.
Wollt Ihr von Supp und Kraut nicht was?

SATYROS.
Das warm Geschlapp, was soll mir das?

EINSIEDLER.
    So legt Euch denn einmal zur Ruh,
    Bringt ein paar Stund' mit Schlafen zu.
    Will sehen, ob ich nicht etwan
    Für Euren Gaum was finden kann.

Ende des ersten Akts.

Zweiter Akt

SATYROS *erwachend.*
    Das ist eine Hunde-Lagerstätt!
    Ein's Missetäters Folterbett!
    Aufliegen hab ich tan mein' Rücken,
    Und die Unzahl verfluchter Mücken!
    Bin kommen in ein garstig Loch.
    In meiner Höhl da lebt man doch;
    Hat Wein im wohlgeschnitzten Krug
    Und fette Milch und Käs genug. –
    Kann doch wohl wieder den Fuß betreten? –
    Da ist dem Kerl sein Platz zu beten.
    Es tut mir in den Augen weh,
    Wenn ich dem Narren seinen Herrgott seh.
    Wollt lieber eine Zwiebel anbeten,
    Bis mir die Trän' in die Augen träten,
    Als öffnen meines Herzens Schrein
    Einem Schnitzbildlein, Querhölzelein.
    Mir geht in der Welt nichts über mich:
    Denn Gott ist Gott, und ich bin ich.
    Ich denk, ich schleiche so hinaus;
    Der Teufel hol den Herrn vom Haus!
    Könnt ich nicht etwa brauchen was?
    Das Leinwand nu wär so ein Spaß.
    Die Maidels laufen so vor mir;
    Ich denk, ich bind's so etwa für.
    Seinen Herrgott will ich runter reißen
    Und draußen in den Gießbach schmeißen.

Ende des zweiten Akts.

Dritter Akt

SATYROS.
>Ich bin doch müd; 's ist höllisch schwül.
>Der Brunn, der ist so schattenkühl.
>Hier hat mir einen Königsthron
>Der Rasen ja bereitet schon;
>Und die Lüftelein laden mich all
>Wie lose Buhlen ohne Zahl.
>Natur ist rings so liebebang;
>Ich will dich letzen mit Flöt und Sang.

Zwei Mägdlein mit Wasserkrügen.

ARSINOE.
>Hör, wie's daher so lieblich schallt!
>Es kömmt vom Brunn oder aus 'm Wald.

PSYCHE.
>Es ist kein Knab von unsrer Flur;
>So singen Himmelsgötter nur.
>Komm, laß uns lauschen!

ARSINOE.
>Mir ist bang.

PSYCHE.
>Mein Herz, ach! lechzt nach dem Gesang.

SATYROS *singt.*
>Dein Leben, Herz, für wen erglüht's?
>Dein Adlerauge, was ersieht's?
>Dir huldigt ringsum die Natur,
>'s ist alles dein;
>Und bist allein,
>Bist elend nur!

ARSINOE.
>Der singt wahrhaftig gar zu schön!

PSYCHE.
>Mir will das Herz in meiner Brust vergehn.

SATYROS *singt.*
>Hast Melodie vom Himmel geführt

Und Fels und Wald und Fluß gerührt;
Und wonnlicher war dein Lied der Flur
Als Sonnenschein;
Und bist allein,
Bist elend nur!

PSYCHE.
Welch göttlich hohes Angesicht!

ARSINOE.
Siehst denn seine langen Ohren nicht?

PSYCHE.
Wie glühend stark umher er schaut!

ARSINOE.
Möcht drum nicht sein des Wunders Braut.

SATYROS.
O Mädchen hold, der Erde Zier!
Ich bitt euch, fliehet nicht vor mir.

PSYCHE.
Wie kommst du an den Brunnen hier?

SATYROS.
Woher ich komm, kann ich nicht sagen,
Wohin ich geh, müßt ihr nicht fragen.
Gebenedeit sind mir die Stunden,
Da ich dich, liebes Paar! gefunden.

PSYCHE.
O lieber Fremdling! sag uns recht,
Welch ist dein Nam und dein Geschlecht?

SATYROS.
Meine Mutter hab ich nie gekannt,
Hat niemand mir mein' Vater genannt.
Im fernen Land hoch Berg und Wald
Ist mein beliebter Aufenthalt.
Hab weit und breit meinen Weg genommen.

PSYCHE.
Sollt er wohl gar vom Himmel kommen?

ARSINOE.
Von was, o Fremdling, lebst du dann?

SATYROS.

    Vom Leben, wie ein andrer Mann.
    Mein ist die ganze weite Welt,
    Ich wohne, wo mir's wohlgefällt;
    Ich herrsch übers Wild und Vögelheer,
    Frücht auf der Erden und Fisch' im Meer.
    Auch ist auf 'm ganzen Erdenstrich
    Kein Mensch so weis und klug als ich.
    Ich kenn die Kräuter ohne Zahl,
    Der Sterne Namen allzumal,
    Und mein Gesang, der dringt ins Blut
    Wie Weines Geist und Sonnenglut.

PSYCHE.

    Ach Gott! ich weiß, wie's einem tut.

ARSINOE.

    Hör, das wär meines Vaters Mann.

PSYCHE.

    Ja freilich!

SATYROS.

    Wer ist dein Vater dann?

ARSINOE.

    Er ist der Priester und Ältest im Land,
    Hat viele Bücher und viel Verstand,
    Versteht sich auch auf Kräuter und Sternen;
    Ihr müßt ihn wahrhaftig kennenlernen.

PSYCHE.

    So lauf und bring ihn geschwind herbei!

Arsinoe ab.

SATYROS.

    So sind wir denn allein und frei.
    O Engelskind! Dein himmlisch Bild
    Hat meine Seel mit Wonn erfüllt.

PSYCHE.

    O Gott! seitdem ich dich gesehn,
    Kann kaum auf meinen Füßen stehn.

SATYROS.

    Von dir glänzt Tugend-Wahrheits-Licht

Wie aus eines Engels Angesicht.

PSYCHE.
Ich bin ein armes Mägdelein,
Dem du, Herr! wollest gnädig sein.

Er umfaßt sie.

SATYROS.
Hab alles Glück der Welt im Arm
So Liebe-Himmels-Wonne-warm!

PSYCHE.
Dies Herz mir schon viel Weh bereit',
Nun aber stirbt's in Seligkeit.

SATYROS.
Du hast nie gewußt, wo mit hin?

PSYCHE.
Nie – als seitdem ich bei dir bin.

SATYROS.
Es war so ahnungsvoll und schwer,
Dann wieder ängstlich arm und leer;
Es trieb dich oft in Wald hinaus,
Dort Bangigkeit zu atmen aus;
Und wollustvolle Tränen flossen,
Und heil'ge Schmerzen sich ergossen,
Und um dich Himmel und Erd verging?

PSYCHE.
O Herr! du weißest alle Ding'.
Und aller Seligkeit Wahntraumbild
Fühl ich erbebend voll erfüllt.

Er küßt sie mächtig.

PSYCHE.
Laßt ab! – mich schaudert's – Wonn und Weh –
O Gott im Himmel! ich vergeh –

Hermes und Arsinoe kommen.

HERMES.
Willkommen, Fremdling, in unserm Land!

SATYROS.
Ihr tragt ein verflucht weites Gewand.

HERMES.
Das ist nun so die Landesart.

SATYROS.
Und einen lächerlich krausen Bart.

ARSINOE *leise zu Psyche.*
Dem Fratzen da ist gar nichts recht.

PSYCHE.
O Kind! er ist von einem Göttergeschlecht.

HERMES.
Ihr scheint mir auch so wunderbar.

SATYROS.
Siehst an mein ungekämmtes Haar,
Meine nackte Schultern, Brust und Lenden,
Meine lange Nägel an den Händen;
Da ekelt dir's vielleicht dafür?

HERMES.
Mir nicht!

PSYCHE.
Mir auch nicht.

ARSINOE *für sich.*
Aber mir!

SATYROS.
Ich wollt sonst schnell von hinnen eilen
Und in dem Wald mit den Wölfen heulen,
Wenn ihr euer unselig Geschick
Wolltet wähnen für Gut und Glück,
Eure Kleider, die euch beschimpfen,
Mir als Vorzug entgegenrümpfen.

HERMES.
Herr! es ist eine Notwendigkeit.

PSYCHE.
Oh, wie beschwert mich schon mein Kleid!

SATYROS.
Was Not! Gewohnheitsposse nur,
Fernt euch von Wahrheit und Natur,
Drin doch alleine Seligkeit
Besteht und Lebens-Liebens-Freud;
Seid all zur Sklaverei verdammt,
Nichts Ganzes habt ihr allzusamt!

Es drängt sich allerlei Volk zusammen.

EINER AUS DEM VOLK.
Wer mag der mächtig' Redner sein?

EIN ANDERER.
Einem dringt das Wort durch Mark und Bein.

SATYROS.
Habt eures Ursprungs vergessen,
Euch zu Sklaven versessen,
Euch in Häuser gemauert,
Euch in Sitten vertrauert,
Kennt die goldnen Zeiten
Nur als Märchen: von weiten.

DAS VOLK.
Weh uns! Weh!

SATYROS.
Da eure Väter neugeboren
Vom Boden aufsprangen,
In Wonnetaumel verloren
Willkommelied sangen,
An mitgeborner Gattin Brust,
Der rings aufkeimenden Natur,
Ohne Neid gen Himmel blickten,
Sich zu Göttern entzückten.
Und ihr – wo ist sie hin, die Lust
An sich selbst? Siechlinge, verbannet nur!

DAS VOLK.
Weh! Weh!

SATYROS.
Selig, wer fühlen kann,
Was sei: Gott sein! Mann!
Seinem Busen vertraut,
Entäußert bis auf die Haut

Sich alles fremden Schmucks,
Und nun ledig des Drucks
Gehäufter Kleinigkeiten, frei
Wie Wolken, fühlt, was Leben sei!
Stehn auf seinen Füßen,
Der Erde genießen,
Nicht kränklich erwählen,
Mit Bereiten sich quälen;
Der Baum wird zum Zelte,
Zum Teppich das Gras,
Und rohe Kastanien
Ein herrlicher Fraß!

DAS VOLK.
Rohe Kastanien! O hätten wir's schon!

SATYROS.
Was hält euch zurücke
Vom himmlischen Glücke?
Was hält euch davon?

DAS VOLK.
Rohe Kastanien! Jupiters Sohn!

SATYROS.
Folgt mir, ihr Werten!
Herren der Erden!
Alle gesellt!

DAS VOLK.
Rohe Kastanien! Unser die Welt!

Ende des dritten Akts.

Vierter Akt

Im Wald.
Satyros, Hermes, Psyche, Arsinoe, das Volk sitzen in einem Kreise, alle gekauert wie die
Eichhörnchen, haben Kastanien in den Händen und nagen daran.

HERMES *für sich.*
> Sackerment! ich habe schon
> Von der neuen Religion
> Eine verfluchte Indigestion!

SATYROS.
> Und bereitet zu dem tiefen Gang
> Aller Erkenntnis, horchet meinem Gesang!
> Vernehmt, wie im Unding
> Alles durcheinanderging;
> Im verschloßnen Haß die Elemente tosend,
> Und Kraft an Kräften widrig sich stoßend,
> Ohne Feindsband, ohne Freundsband,
> Ohne Zerstören, ohne Vermehren.

DAS VOLK.
> Lehr uns! wir hören!

SATYROS.
> Wie im Unding das Urding erquoll,
> Lichtsmacht durch die Nacht scholl,
> Durchdrang die Tiefen der Wesen all,
> Daß aufkeimte Begehrungsschwall
> Und die Elemente sich erschlossen,
> Mit Hunger ineinander ergossen,
> Alldurchdringend, alldurchdrungen.

HERMES.
> Des Mannes Geist ist von Göttern entsprungen.

SATYROS.
> Wie sich Haß und Lieb gebar
> Und das All nun ein Ganzes war,
> Und das Ganze klang
> In lebend wirkendem Ebengesang,
> Sich täte Kraft in Kraft verzehren,
> Sich täte Kraft in Kraft vermehren,
> Und auf und ab sich rollend ging

Das all und ein und ewig Ding,
Immer verändert, immer beständig!

DAS VOLK.
Er ist ein Gott!

HERMES.
Wie wird die Seele lebendig
Vom Feuer seiner Rede!

DAS VOLK.
Gott! Gott!

PSYCHE.
Heiliger Prophete,
Gottheit! an deinen Worten, an deinen Blicken
Ich sterbe vor Entzücken!

DAS VOLK.
Sinkt nieder!
Betet an!

EINER.
Sei uns gnädig!

EIN ANDRER.
Wundertätig
Und herrlich!

DAS VOLK.
Nimm dies Opfer an!

EINER.
Die Finsternis ist vergangen.

DAS VOLK.
Nimm dies Opfer an!

EINER.
Der Tag bricht herein.

DAS VOLK.
Wir sind dein!
Gott, dein! ganz dein!

Der Einsiedler kommt durch den Wald gerade auf de Satyros zu.

EINSIEDLER.

Ah, saubrer Gast! find ich dich hier,
Du ungezogen schändlich Tier!

SATYROS.

Mit wem sprichst du?

EINSIEDLER.

Mit dir.
Wer hat bestohlen mich undankbar?
Meines Gottes Bild geraubet gar?
Du hinkender Teufel!

DAS VOLK.

Höllenspott!
Er lästert unsern herrlichen Gott!

EINSIEDLER.

Du wirst von keiner Schande rot.

DAS VOLK.

Der Lästrer hat verdient den Tod.
Steinigt ihn!

SATYROS.

Haltet ein!
Ich will nicht dabei zugegen sein.

DAS VOLK.

Sein unrein Blut, du himmlisch Licht!
Fließ fern von deinem Angesicht.

SATYROS.

Ich gehe.

DAS VOLK.

Doch verlaß uns nicht!

Satyros ab.

EINSIEDLER.

Seid ihr toll?

HERMES.

Unseliger, kein Wort!
Bringt ihn an einen sichern Ort!
Geht, verschließt ihn in meine Wohnung.

Sie führen den Einsiedler ab.

DAS VOLK.
Sterben soll er!

HERMES.
Er verdient keine Schonung.
Und zu versühnen den himmlischen Geist,
Der uns sich so gnädig und liebreich erweist,
Wollen wir ihm unsern Tempel weihn
Und mit dem blutigen Opfer erfreun.

DAS VOLK.
Wohl! Wohl!

HERMES.
Zur Gottheit Füßen
Den Frevel zu büßen.

DAS VOLK.
Das Verbrechen
Zu rächen,
Zu tilgen den Spott.

ALLE.
Zernichtet die Lästrer,
Verherrlichet Gott!

Ende des vierten Akts.

Fünfter Akt

Wohnung des Hermes.
Eudora, Hermes' Frau. Der Einsiedler.

EUDORA.
> Nimm, guter Mann! dies Brot und Milch von mir,
> Es ist das letzte.

EINSIEDLER.
> Weib! ich danke dir.
> Und weine nicht; laß mich in Ruhe scheiden,
> Dies Herz ist wohl gewöhnt, zu leiden,
> Allein zu leiden, männiglich.
> Dein Mitleid überwältigt mich.

EUDORA.
> Ich bin betrübt, wie Blutdurst meinen Mann,
> Das ganze Volk der Schwindel fassen kann!

EINSIEDLER.
> Sie glauben. Laß sie! Du wirst nichts gewinnen.
> Das Schicksal spielt
> Mit unserm armen Kopf und Sinnen.

EUDORA.
> Dich um des Tiers willen töten!

EINSIEDLER.
> Tiers! Wer sein Herz bedürftig fühlt,
> Findt überall einen Propheten.
> Ich bin der erste Märtyrer nicht,
> Aber gewiß der harmlosen einer;
> Um keiner Meinungen, keiner
> Willkürlichen Grillen,
> Um eines armen Lappens willen,
> Eines Lappens, bei Gott! den ich brauchte.
> Mein Andachtsbild, den Schutzgott meiner Ruh,
> Raubt mir das Ungeheu'r dazu.

EUDORA.
> O Freund! ich kenn sein Götterblut wie du.
> Mein Mann ward Knecht in seiner eignen Wohnung,
> Und Ihro borst'ge Majestät sah zur Belohnung
> Mich Hausfrau für einen arkadischen Schwan,

Mein Ehbett für einen Rasen an,
Sich drauf zu tummeln.

EINSIEDLER.
Ich erkenn ihn dran.

EUDORA.
Ich schickt ihn mit Verachtung weg. Er hing
Sich fester an Psyche, das arme Ding,
Um mich zu trotzen! Und seit der Zeit
Sterb ich oder seh dich befreit.

EINSIEDLER.
Sie bereiten das Opfer heut.

EUDORA.
Die Gefahr lehrt uns bereit sein.
Ich gebe nichts verloren;
Mit einem Blick lenk ich ein
Bei dem kühnen, eingebildten Toren.

EINSIEDLER.
Und dann?

EUDORA.
Wann sie dich zum Opfer führen,
Lock ich ihn an, sich zu verlieren
In die innern heiligen Hallen,
Aus Großmut-Sanftmut-Schein.
Da dring auf das Volk ein,
Uns zu überfallen.

EINSIEDLER.
Ich fürchte –

EUDORA.
Fürchte nicht!
Einer, der um sein Leben spricht,
Hat Gewalt. Ich wage, und du sollst reden.

Ab.

EINSIEDLER.
Geht's nicht, so mögen sie mich töten.

Der Tempel.

Satyros sitzt ernst-wild auf dem Altar. Das Volk vor ihm auf den Knien. Psyche an ihrer Spitze.

DAS VOLK. CHORUS.
Geist des Himmels, Sohn der Götter,
Zürne nicht!
Frevlern deiner Stirne Wetter,
Uns ein gnädig Angesicht!
Hat der Lästrer das verbrochen,
Sieh herab, du wirst gerochen!
Schrecklich nahet sein Gericht.

Hermes. Ihm folgt ein Trupp, den Einsiedler gebunden führend.

DAS VOLK.
Höll und Tod dem Übertreter!
Geist des Himmels, Sohn der Götter,
Zürne deinen Kindern nicht!

SATYROS *herabsteigend.*
Ich hab ihm seine Missetat verziehn!
Der Gerechtigkeit überlaß ich ihn.
Mögt den Toren schlachten, befrein;
Ich will nicht dawider sein.

DAS VOLK.
O Edelmut!
Es fließe sein Blut!

SATYROS.
Ich geh ins Heiligtum hinein;
Und keiner soll sich unterstehn,
Bei Lebensstraf, mir nachzugehn!

EINSIEDLER *für sich.*
Weh mir! Ihr Götter, wollet bei mir stehn!

Satyros ab.

EINSIEDLER.
Mein Leben ist in euren Händen,
Ich bin nicht unbereitet, es zu enden.
Ich habe schon seit manchen langen Tagen
Nicht genossen, nur das Leben so ausgetragen.
Es mag! Mich hält der tränenvolle Blick
Des Freundes, eines lieben Weibes Not
Und unversorgter Kinder Elend nicht zurück.

Mein Haus versinkt nach meinem Tod,
Das dem Bedürfnis meines Lebens
Allein gebaut war. Doch das schmerzt mich nur,
Daß ich die tiefe Kenntnis der Natur
Mit Müh geforscht und leider! nun vergebens;
Daß hohe Menschenwissenschaft,
Manche geheimnisvolle Kraft
Mit diesem Geist der Erd entschwinden soll.

EINER DES VOLKS.
Ich kenn ihn; er ist der Künste voll.

EIN ANDRER.
Was Künste! Unser Gott weiß das all.

EIN DRITTER.
Ob er sie sagt, das ist ein andrer Fall.

EINSIEDLER.
Ihr seid über hundert. Wenn's zwei-, dreihundert wären,
Ich wollte jedem sein eigen Kunststück lehren,
Einem jeden eins,
Denn was alle wissen, ist keins.

DAS VOLK.
Er will uns beschwätzen. Fort! Fort!

EINSIEDLER.
Noch ein Wort!
So erlaube, daß ich dir
Ein Geheimnis eröffne, das für und für
Dich glücklich machen soll.

HERMES.
Und wie soll's heißen?

EINSIEDLER *leise.*
Nichts weniger als den Stein der Weisen.
Komm von der Menge
Nur einen Schritt in diese Gänge.

Sie wollen gehn.

DAS VOLK.
Verwegner, keinen Schritt!

PSYCHE.
> Ins Heiligtum! Und, Hermes, du gehst mit?
> Vergissest des Gottes Gebot?

VOLK.
> Auf! Auf! Des Frevlers Blut und Tod.

Sie reißen den Einsiedler zum Altare. Einer dringt dem Hermes das Messer auf.

EUDORA *inwendig.*
> Hülfe! Hülfe!

DAS VOLK.
> Welche Stimme?

HERMES.
> Das ist mein Weib!

EINSIEDLER.
> Gebietet eurem Grimme
> Einen Augenblick!

EUDORA *inwendig.*
> Hülfe, Hermes! Hülfe!

HERMES.
> Mein Weib! Götter, mein Weib!

Er stößt die Türen des Heiligtums auf. Man sieht Eudora, sich gegen des Satyros Umarmungen verteidigend.

HERMES.
> Es ist nicht möglich!

Satyros läßt Eudoren los.

EUDORA.
> Da seht ihr euren Gott!

VOLK.
> Ein Tier! ein Tier!

SATYROS.
> Von euch Schurken keinen Spott!
> Ich tät euch Eseln eine Ehr an,
> Wie mein Vater Jupiter vor mir getan;
> Wollt eure dummen Köpf belehren

Und euren Weibern die Mücken wehren,
Die ihr nicht gedenkt ihnen zu vertreiben;
So mögt ihr denn im Dreck bekleiben.
Ich zieh meine Hand von euch ab,
Lasse zu edlern Sterblichen mich herab.

HERMES.
Geh! wir begehren deiner nit.

Satyros ab.

EINSIEDLER.
Es geht doch wohl eine Jungfrau mit.